Leabhair s

SOS 1

SOS 2

SOS 3

Sos!

Bígí ag faire –
tá a thuilleadh leabhar ag teacht ...

Cáitín
sa
Chistin

STEPHANIE DAGG

• léaráidí le Stephen Hall •

Cló Uí Bhriain
Baile Átha Cliath

An chéad chló 2001 ag
The O'Brien Press Ltd./Cló Uí Bhriain Tte.,
20 Victoria Road, Dublin 6, Ireland
Fón: +353 1 4923333 Facs: +353 1 4922777
Ríomhphost: books@obrien.ie
Suíomh gréasáin: www.obrien.ie

ISBN: 0-86278-712-2

1 2 3 4 5 6 7 8 9 10
01 02 03 04 05 06 07 08 09 10

British Library Cataloguing-in-publication Data
Tá tagairt don teideal seo ar fáil ó Leabharlann na Breataine Móire

Faigheann Cló Uí Bhriain cabhair
ón gComhairle Ealaíon

The Arts Council
An Chomhairle Ealaíon
agus ó Bhord na Leabhar Gaeilge

Leagan Gaeilge: Liz Morris agus Daire MacPháidín.
Eagarthóir: Daire MacPháidín.
Dearadh leabhar: Cló Uí Bhriain Tte.
Clódóireacht: Cox & Wyman Ltd.

'Cáca iontach, a Mham!'
arsa Cáitín.

Bhí Aintín Síle ag teacht
don tae.
Bhí cáca milis déanta ag Mam
dá lá breithe.

Chlúdaigh Mam an cáca
le **reoán**.

Bhí gach dath faoin spéir ann.

Bhí Mam an-sásta léi féin.

Ba cháca daite é.

'Anois, táim ag dul isteach

sa seomra suite

chun féachaint ar an teilifís.

Ar mhaith leat teacht liom?'

'Níor mhaith!' arsa Cáitín.

'Is fuath liom an nuacht.

Fanfaidh mise anseo.'

'Maith go leor,' arsa Mam,
**'ach ná bain
don cháca sin**.'

'Ní bhainfidh,' arsa Cáitín.

Agus níor bhain ...

... bhuel, go ceann

cúig nóiméad ar aon nós.

10

Ach bhí cuma
an-bhlasta ar an reoán.
Ní raibh Cáitín in ann
í féin a stopadh.

Sháigh sí méar isteach
sa **reoán gorm**
agus bhlais sí é.

'Mmmm!' ar sise.

'Go hálainn blasta!

Meas tú an bhfuil na dathanna eile

go hálainn freisin?'

Mar sin bhain sí triail as na
dathanna ar fad.

Bhlais sí an reoán dearg ar dtús,
ansin an reoán buí
agus sa deireadh
an reoán glas.

'Go haoibhinn!' ar sise.

Agus bhlais sí
gach dath acu arís.

Agus **arís**.

Agus **arís**.

Agus **arís**.

Bhí an reoán chomh deas sin
gur lean sí uirthi ag ithe.

D'ith sí ...

agus bhlais sí ...

agus thriail sí go dtí ...

nach raibh fágtha ach

cáca lom.

Bhí an reoán go léir ite aici.

D'fhéach Cáitín ar an gcáca.

'Ó bhó!' ar sise.

'Cad a dhéanfaidh mé?'

Bhí an babhla mór
fós ar an mbord.

D'fhéach Cáitín isteach ann.

Bhí beagán den reoán buí
ann fós.

Ach ní raibh mórán ann.

'Caithfidh mé

a thuilleadh a dhéanamh!'

arsa Cáitín.

Ach conas?

Conas mar a rinne Mam
an reoán?

Smaoinigh Cáitín tamall.

Bhí a fhios aici
go raibh a lán **siúcra** ann
mar bhí sé go dona
do na fiacla.

Cheap sí go raibh **im**
ann freisin.

Ach céard eile a bhí ann?

'Más **reoán** é,'
ar sise léi féin,
'beidh rud éigin **reoite** ann,
nach mbeidh?'

Bhí im agus siúcra
fós ar an mbord,
agus chuir sí
isteach sa bhabhla iad.

Ansin shiúil sí
go dtí an cuisneoir,
d'oscail sí an doras
agus d'fhéach sí isteach ann.

Chonaic sí rud éigin reoite –

uachtar reoite.

'Beidh uachtar reoite go hiontach!'
ar sise.

Thug sí an t-uachtar reoite
chuig an mbord
agus chaith sí
isteach sa bhabhla é.

Mheasc sí an t-im, an siúcra
agus an t-uachtar reoite
le spúnóg adhmaid.
'A Thiarcais!' ar sise.
'Is obair chrua í seo!'
Stop sí agus lig sí a scíth.

D'fhéach sí isteach sa bhabhla.

'Ó bhó!' ar sí.

'Tá cuma **uafásach gránna**

ar an meascán seo.'

'Tá mé i dtrioblóid mhór,'
ar sise. 'Cad a dhéanfaidh mé
anois?'

Thóg sí dornán mór
agus chaith sí ar an gcáca é.

Ach shleamhnaigh an reoán
den cháca.

Chaith sí dornán eile

ar an gcáca –

ach shleamhnaigh sé de arís.

'Tá sé rófhliuch!' arsa Cáitín.

'Cuireann Mam **plúr**

isteach i rudaí

nuair a bhíonn siad rófhliuch.

Caithfidh mé plúr a fháil.'

Chuardaigh sí sa chófra
go dtí go bhfuair sí
mála mór plúir.

Ar eagla na heagla,

chaith sí **an mála iomlán**

isteach sa bhabhla.

Fuair sí an spúnóg adhmaid arís.

Thosaigh sí ag meascadh.

Mheasc sí agus mheasc sí.

Ach bhí sé crua ...

an-chrua ...

róchrua.

'A Thiarcais!' ar sise.

Bhí eagla ag teacht uirthi.

An raibh Mam ag féachaint
ar an teilifís fós?
An raibh an nuacht thart?

'Ó bhó! Beidh Aintín Síle anseo
gan mhoill,' arsa Cáitín.

Bhí Cáitín i bponc.

'Cuirfidh mé **uisce**
isteach sa reoán,' a dúirt sí.

Ach ní raibh sí in ann –

ní raibh a lámha fada go leor.

Ansin chonaic sí go raibh
uisce sa doirteal.
Ach bhí sé salach,
beagáinín salach!

'Déanfaidh sé sin cúis,'
arsa Cáitín léi féin.
Thóg sí cupán lán den uisce
agus chaith sí isteach
sa bhabhla é.

Thóg sí an spúnóg arís.
Mheasc sí agus mheasc sí
agus mheasc sí arís.
Bhí cuma níos fearr air
tar éis cúpla nóiméad.

Chlúdaigh sí an cáca
leis an meascán arís.
Agus níor shleamhnaigh
sé an uair seo!

'Anois, céard faoi na dathanna?'
a dúirt sí léi féin.

'Bainfidh mé úsáid as **péint**.'

Fuair sí bosca péinteanna
agus scuab ón gcófra
agus thosaigh sí ag obair.

Phéinteáil sí
píosa reoáin amháin gorm,
píosa eile buí agus
píosa eile glas.
Faoi dheireadh, bhí sé réidh.

Bhí an cáca go hálainn ... foirfe ...
beagnach!

Chuala Cáitín cnag
ar an doras.

Aintín Síle a bhí ann.

'Fáilte romhat,' arsa Mam.

Isteach sa chistin leo.

'Dia dhuit, a Cháitín!'

arsa Aintín Síle.

'An raibh tú ag péinteáil?

Ó, nach álainn an cáca é sin!

Ba bhreá liom slisín de!'

Dhearg Cáitín.

'Breithlá shona duit, a Aintín Síle,'
ar sise go ciúin.

Ghearr Mamaí slisín mór
den cháca.
Chuir sí é ar phláta agus
thug sí d'Aintín Síle é.

'Ó! Tá sé sin rómhór domsa,'
arsa Aintín Síle.
'Tabhair sin do Cháitín.
Seo duit, a Stór.'

Bhí Cáitín i bponc.

D'fhéach sí ar Mham.

D'fhéach sí ar Aintín Síle.

Ach ní raibh siad réidh le tosú.

Bhí siadsan ag fanacht
le Cáitín.

Dhún Cáitín a súile.

Chuir sí an slisín isteach ina béal.

... agus bhain sí plaic as!

Yuck!

Bhí sé **gránna**.

Bhí sé **uafásach**.

Bhí sé **déistineach**.

Ach d'ith Cáitín é
ar aon nós.

'**Go hálainn**!' a dúirt sí.

D'oscail sí a súile.

Bhí Mam agus Aintín Síle
ag cogaint leo.
Bhí péint ghorm ar a mbeola
agus ar a lámha acu.

D'fhéach siad ar a chéile.

D'fhéach siad ar Cháitín.

Ach bhí Cáitín ag rith,
ag rith amach as an teach –
ar nós na gaoithe.